novum pro

ANNE FREYDA

„ETTA" – *beloved enemy*

25 Jahre MS –
Grenzen registrieren, respektieren, neu definieren.

Eine persönliche Reflexion, die berührt und inspiriert.

novum pro

www.novumverlag.com

Bibliografische Information
der Deutschen Nationalbibliothek:

Die Deutsche Nationalbibliothek
verzeichnet diese Publikation in
der Deutschen Nationalbibliografie.
Detaillierte bibliografische Daten
sind im Internet über
http://www.d-nb.de abrufbar.

Alle Rechte der Verbreitung,
auch durch Film, Funk und Fernsehen,
fotomechanische Wiedergabe,
Tonträger, elektronische Datenträger
und auszugsweisen Nachdruck,
sind vorbehalten.

© 2020 novum Verlag

ISBN 978-3-99107-011-5
Lektorat: Mag. Eva Reisinger
Umschlagabbildung:
© 2020 Aleksandar Reba – Alle Rechte
vorbehalten
Umschlaggestaltung, Layout & Satz:
novum Verlag
Illustrationen: Lara Kästel,
Bild S. 29: Rolf Stahl, Hauptstraße 165,
76297 Stutensee

Gedruckt in der Europäischen Union
auf umweltfreundlichem, chlor- und
säurefrei gebleichtem Papier.

www.novumverlag.com

Inhalt

Wichtiger Hinweis 7

Vorwort 9

Eine persönliche Reflexion 11

Grenzen registrieren 12

Grenzen respektieren 20

Grenzen neu definieren 23

Ratschläge (falls gewünscht) 26

„14 Augenblicke" für meine Fitness 29

Danksagungen 52

Referenzen 53

Wichtiger Hinweis

Die Anregungen in diesem Buch geben die Erfahrungen der Autorin wieder. Sie bieten jedoch keinen Ersatz für kompetenten medizinischen Rat durch einen Arzt. Daher dürfen sie nicht als Grundlage zur eigenständigen Diagnose einer MS oder zum Beginn, zur Änderung oder zur Beendigung einer Behandlung genommen werden. Jede Leserin und jeder Leser ist für das eigene Tun auch weiterhin selbst verantwortlich. Bitte beachten Sie auch, dass jede MS anders verläuft. Weder die Autorin noch der Verlag können für eventuelle Nachteile oder Schäden, die aus den im Buch gegebenen praktischen Hinweisen resultieren, eine Haftung übernehmen. Dies gilt im Besonderen für die Anwendung der „14 Augenblicke".

Konsultieren Sie bitte stets Ihren Arzt bei gesundheitlichen Beschwerden oder Fragen und befolgen Sie die in diesem Buch angegebenen Vorsichtsmaßnahmen.

Vorwort

Dieses Werk soll nicht als die Lösung schlechthin angesehen werden. Vielmehr handelt es sich um einen gangbaren Weg, den ich im Lauf von 25 Jahren für mich persönlich herausgefunden habe und der mir wertvoll geworden ist. Wenn auch nur eine der vorgestellten Ideen Gefallen findet und als hilfreich betrachtet wird, hat sich der Aufwand für mich gelohnt.

Es ist mir aber an dieser Stelle wichtig zu betonen, dass meine sehr persönlichen Gedanken und Erfahrungen nicht einfach verallgemeinert werden können. Unter dem Begriff „Multiple Sklerose" (MS) wird ein breites Spektrum von Krankheitsbildern in unterschiedlicher Ausprägung zusammengefasst und kein Verlauf ist meines Wissens vorhersehbar. Daher ist es allenfalls möglich, dass sich jemand in einzelnen Punkten in den folgenden Ausführungen wiedererkennt. Aber es soll keinesfalls der Eindruck geweckt werden, dass meine persönlichen Wahrnehmungen für andere ebenso zu erwarten oder gar eins zu eins übertragbar sind.

„Etta – beloved enemy" („Etta – Geliebter Feind") soll vielmehr aufklären, Dinge bewusstmachen und so ein Stück weit auf die Zukunft vorbereiten.

Es wird nichts beschönigt, sondern der Wahrheit ins Gesicht gesehen und dabei nach Möglichkeiten gesucht, die im Umgang mit der Erkrankung eventuell auch für andere hilfreich sein können.

Meinen hier dargelegten Gedanken liegt aufgrund meiner persönlichen Erfahrungen die Überzeugung zugrunde, dass es möglich ist, auf den Verlauf der Krankheit in gewissem Maße Einfluss zu nehmen. Gut informiert zu sein ist dabei ein erster Schritt.

Es ist mir ein großes Anliegen, Betroffene durch meine Erfahrungsberichte zu ermutigen und ihren Blick dafür zu schärfen, was bei ihnen möglich ist. Und nicht zuletzt ist der Zweck dieses Buches, dem nicht betroffenen Mitmenschen auf verständliche Weise nahezubringen, mit welchen Empfindungen ein MS-Kranker mal mehr und mal weniger täglich zu kämpfen haben könnte. Hierfür erlaube ich Blicke in mein Inneres und meine ganz persönliche Gefühlswelt.

Es war schwer für mich, diesen Schritt zu wagen, aber ich hoffe, dass es gut war, nicht nur, um mir selbst vieler Dinge bewusst zu werden, sondern auch für betroffene Leserinnen und Leser.

Hätte ich eine Hilfestellung dieser Art vor 25 Jahren gehabt, wäre meine MS sicherlich anders verlaufen. Denn die größte Herausforderung ist mit dem Damoklesschwert klarzukommen, das über einem schwebt. Diese Angst ist sehr schwer zu bewältigen und hat gleichzeitig wiederum Einfluss auf den Verlauf der MS – ein Teufelskreis, den man sich tagtäglich bewusst machen sollte, aber dem man am besten ohne Panik begegnet. Mit Ruhe und sachlicher Betrachtung habe ich es geschafft, die Situation, in der ich mich befinde, anzunehmen. Mit innerer Gelassenheit – soweit möglich – aber dennoch aktiv versuche ich das Beste daraus zu machen.

Eine persönliche Reflexion

„Etta – beloved enemy" ist der Versuch, etwas in Worte zu fassen, wofür unsere Sprache kein Wort parat hat, und einen Zustand zu beschreiben, der nur von wenigen Menschen nachempfunden werden kann, nämlich von denen, die diesen Zustand selbst kennen. Genau an diese besonderen Menschen und an ihre interessierten Mitmenschen richtet sich mein Erfahrungsbericht. Aber jede Multiple Sklerose ist einzigartig und so verschieden wie die Menschen selbst es sind.

Ich beschreibe meine persönliche Erfahrung und bei einem anderen Menschen kann die MS komplett unterschiedlich und vollkommen anders verlaufen. Jede MS ist sehr besonders und es spielen viele Faktoren mit. Mal gibt es eine Familienhäufigkeit, mal eine Infektion und dann wieder enormen psychischen Stress. Bei mir kam alles zusammen und ich denke, ich hätte vielleicht eine kleine Chance gehabt, wenn ich den enormen psychischen Stress vermieden hätte. Aber darüber muss ich mir heute auch keine Gedanken mehr machen.

Bei „Etta" handelt es sich weder um eine Autobiographie noch um einen medizinischen Ratgeber, sondern um eine Reflexion über 25 Jahre MS, mit persönlich gewonnenen Erkenntnissen und gelegentlich mit einer Prise Humor. Der Einfachheit halber habe ich diesem unbeschreiblichen Zustand einen Phantasienamen gegeben: „Etta". Zum besseren Verständnis vergleiche ich Etta mit einer Freundin, mit meiner Freundin. Ich könnte auch sagen, sie ist mein ungebetener Gast. Aber Gäste gehen irgendwann wieder. Etta bleibt!

Grenzen registrieren

Etta ist ganz unscheinbar in mein Leben getreten. Anfänglich war sie kaum zu bemerken. Das erste Zeichen von Ettas Erscheinen war starke Müdigkeit, gepaart mit gelegentlichen Störungen beim Temperaturempfinden.

Inzwischen weiß ich, dass es sich bei Letzterem um das sogenannte Uhthoff-Phänomen handelt. Es wird bei mir vor allem immer dann spürbar, wenn die Außentemperaturen steigen. Nichts, wovon ich gleich Panik bekommen hätte. In meinen Augen ein lästiger Zustand, aber kein besorgniserregender. Erst im Laufe der Jahre, als die Beschwerden stärker wurden und neue hinzukamen und auch für meine Mitmenschen sichtbar wurden, begann ich zu erahnen und zu verstehen, dass ein Prozess im Gange war, der alles andere als harmlos war.

Es trafen mich Blicke, die mich zuvor nie getroffen hatten: mitleidige, hilflose, aber auch sehr unangenehme neugierige Blicke. Bis heute fällt es mir nicht leicht, damit umzugehen und jederzeit angemessen darauf zu reagieren.

„Etta, wie kann ich dich erklären? Man kann dich nicht greifen, hören oder sehen, am allerwenigsten aber verstehen. Nach deinem ersten Besuch bist du einfach nicht mehr gegangen. Zugegeben, ich kann viel von dir lernen. So schulst du durch deine hochgradige Sensibilität meine Fähigkeit zu unterscheiden, was wirklich wichtig ist und was nicht.

Und im Hinblick auf meine Konzentrationsfähigkeit zwingst du mich geradezu zu Höchstleistungen, indem du immer wieder meine uneingeschränkte Aufmerksamkeit einforderst.

Das Problem ist, dass Etta aufdringlich, unnachgiebig und mitunter ziemlich unhöflich ist. Eigentlich könnte man sie als asozial bezeichnen, denn sie hat kein Gefühl dafür, ob ihre Dominanz gerade toleriert werden kann oder nicht. Wann immer sie will, meldet sie sich und macht Terror wie ein trotziges Kind, das nicht sofort seinen Willen bekommt. Das vorzugsweise immer dann, wenn ich gerade anderweitig gefordert bin und sie unmöglich an meiner Seite brauchen kann. Wahrscheinlich ist sie in solchen Situationen eifersüchtig und deshalb besonders zickig, unnachgiebig und gemein.

Dann rast sie wie ein D-Zug in meinen Alltag hinein, bremst mich in meinen Aktivitäten aus, bestimmt das Tempo und übernimmt unaufgefordert das Kommando. Mit einer unbeschreiblichen Penetranz fordert sie auf der Stelle meine Aufmerksamkeit ein und lässt sich durch nichts besänftigen.

Mir bleibt in einem solchen Fall keine Wahl: Ich bin gezwungen, augenblicklich jegliche Aktivität zu beenden, um mich um Etta zu kümmern.

Etta ist jetzt seit 25 Jahren an meiner Seite. Im Laufe dieser Zeit sind 60 % meines Körpers „pelzig" geworden. D. h. diese Stellen fühlen sich wie eingeschlafen an. Meine Finger beispielsweise spüre ich wie durch einen Handschuh, was meinen Tastsinn erheblich einschränkt. Auch habe ich ein ganz spezielles Temperaturempfinden. Immer wieder stelle ich fest, dass mein Temperaturregler offenbar defekt ist. Heiß nehme ich oft als kalt wahr und umgekehrt. Meine Füße fühlen sich meistens richtig heiß an, gelegentlich aber auch wie Eisklötze. Je kälter es draußen wird, desto massiver tritt Etta in Erscheinung. Wie bei einem Insekt scheint dann jeder Muskel meines Körpers zu erstarren. Als Folge wird mein Gang unsicherer und meine Sprache undeutlicher. Jeder Laut kommt verwaschen aus meinem Mund, wie bei einem Betrunkenen. Glücklicherweise legt sich dieser Zustand wieder sobald ich in warme Räumlichkeiten komme.

Manchmal meldet sich Etta mit einem unsagbaren Schwindel, der selbst das Staubsaugen zu einer olympischen Disziplin werden lässt. Dabei fällt mir Ettas Unbarmherzigkeit immer besonders auf.

Mit ihrer Dominanz bestimmt sie meinen Alltag. Jeder noch so kleine Versuch, sie milde zu stimmen, wird im Keim erstickt. Wenn sie gerade in ihrer Ego-Phase ist, habe ich keine Chance.

Etta nimmt negative Einflüsse viel schneller wahr als ich – seien es schlechte Umweltfaktoren, ungute Gefühle, zu starke körperliche Anstrengungen oder auch Menschen, die mir nicht guttun. Oft weiß ich noch gar nicht, was gerade mit mir passiert, da vermeldet Etta schon irgendwelche Beschwerden bevor ich die Situation richtig realisiert und eingeschätzt habe. Diesbezüglich ist sie sehr zuverlässig. Ich bin häufig überrascht, was mir mein Körper erzählt. Instinktiv prüfe ich dann mein ganzes Umfeld, das Essen, die Situation, die Stimmung und meistens finde ich auch den Auslöser. Wenn ich mir das alles so richtig bewusst mache, staune ich über das sensible Frühwarnsystem in meinem Körper. Mit welch grandiosem Mechanismus ich doch ausgestattet bin! Was für wahnsinnige Sensoren ich noch habe, und wie überaus komplex und intelligent sie funktionieren! Solange der Mensch gesund ist, glaubt er, es als „intelligentes Wesen" besser zu wissen. Er neigt dazu, leise Botschaften seines Körpers einfach zu ignorieren, als hätte er es nicht nötig, darauf zu hören. Dabei vergisst er allzu leicht, dass er sich zwar gegebenenfalls ein neues Auto kaufen kann, aber keinen neuen Körper.

Etta lässt es nicht zu, dass ich ihre Hinweise einfach übergehe. Wenn ich das auch nur im Ansatz versuche, beherrscht sie mich voll und ganz.

Sie sagt mir dann ganz deutlich, dass ich mit meinen Kräften sowohl physisch als auch psychisch schlecht hausgehalten habe. Vielleicht wird mir die Sprache weggenommen, vielleicht beiße ich mir auf die Zunge oder verschlucke mich. Möglicherweise sehen meine Augen Doppelbilder oder ich ziehe ein Bein nach. Dies sind nur ein paar Beispiele von Ettas Unbarmherzigkeit. Sie ist da unheimlich phantasievoll. Wenn Etta richtig sauer ist, hat sie viele Möglichkeiten, sich zu behaupten und mir das Leben schwer zu machen. Frei nach dem Motto: „Wer nicht hören will, muss fühlen." Unter allen Umständen will Etta den Ton angeben.

Man könnte Etta vieles nachsagen, aber langweilig wird es mit ihr nie. Das Leben mit ihr ist immer spannend wie ein Krimi. Jeder Tag ist anders. Was heute geht, geht morgen nicht mehr und übermorgen vielleicht irgendwie anders doch wieder. Ständig lausche ich in mich hinein und spüre mit der Zeit Dinge, die Gesunde noch nicht einmal ansatzweise wahrnehmen würden. Das Problem hierbei ist, dass ich mir vor lauter Feinfühligkeit manchmal selbst nicht mehr vertraue. Deute ich richtig, was ich empfinde oder bilde ich es mir am Ende nur ein?

Solche Gedanken machen mir gelegentlich geradezu Angst, weil sich dann und wann auch zwangsläufig die Frage aufdrängt: Will Etta auch meine Psyche angreifen und beherrschen und nicht „nur" meinen Körper?

Zur weiteren Verunsicherung tragen gut gemeinte Ratschläge meiner Mitmenschen bei. Ungefragt habe ich bestimmt tausend Tipps bekommen, was ich unbedingt tun oder lassen müsste. Inzwischen habe ich den Eindruck gewonnen, diese Art von Unterstützung hilft den Ratgebern mehr als mir. Sie scheinen sich dadurch selbst besser zu fühlen. Schließlich haben sie etwas getan und nicht nur zugeschaut. Vermutlich können sie die Hilflosigkeit einfach auch nicht ertragen, was ich gut nachvollziehen kann. Im Gegenzug erwartet man dann natürlich, dass ich diese Hinweise als „guter" Kranker auch interessiert annehme, sie würdige und ausprobiere. Schließlich wäre der Ratgeber der absolute Held, wenn sein Impuls mir Besserung oder sogar Heilung bringen würde!

Meine Reaktion kann je nach Tagesform sehr unterschiedlich ausfallen. Vielleicht bringe ich ein fröhliches „Danke, dass du mir helfen willst" über die Lippen und habe sogar einen kleinen Hoffnungsschimmer.

Es kann aber auch passieren, dass ich mir vor lauter Erschöpfung in diesem Moment gerade gar nichts Neues mehr vorstellen kann und mit einem „Lass mich einfach in Ruhe" antworte – wohlwissend, dass ich meine Mitmenschen in diesem Moment verunsichert oder sogar verärgert habe. Es ist einfach so unsagbar anstrengend, immer und immer wieder zu erklären, dass ich keine weitere Enttäuschung mehr erleben möchte.

Folgende beispielhafte Symptome können zusätzlich zu den zahlreichen permanent wahrgenommenen Missempfindungen an einem ganz normalen Tag auftreten. Ob sie nur wenige Minuten andauern oder doch einige Stunden oder ob sie für immer bleiben werden? Man weiß es nicht.

- Stechen im Kopf
- Jucken der Gesichtshaut, verbunden mit dem Gefühl der Trockenheit, obwohl ich gerade meine beste Feuchtigkeitscreme benutzt habe
- Unruhe, verbunden mit dem Gefühl, dass alles zu lange dauert
- Der Kaffee schmeckt irgendwie anders
- Die Haut am Körper fühlt sich an, als hätte ich offene Wunden, jeder Windzug schmerzt
- Die Haut brennt wie durch eine Berührung mit Brennnesseln

Man sagt, derlei Fehlempfindungen seien ein Aufflackern von Symptomen eines früheren Schubes und würden voraussichtlich auch wieder verschwinden. Man spricht hier von der „unsichtbaren Seite" der MS. Sie kann von den Mitmenschen nicht oder nur ganz schlecht erkannt werden. Trotz allem belasten und verunsichern solche Anzeichen Betroffene manchmal schon sehr, was diese wiederum vor weitere Probleme stellt. Sie fragen sich beispielsweise, ob ärztliche Hilfe nötig ist. Aber niemand kann einem sagen, ob diese Beschwerden der Beginn eines neuen Schubes sind oder ob sie über kurz oder lang einfach wieder verschwinden. Mit dieser Unsicherheit zu leben ist herausfordernd. Denn gegebenenfalls muss schnell gehandelt werden. Oftmals hilft es mir bei auftretenden Missempfindungen schon, wenn ich meinen gegenwärtigen Zustand verändere. Die belastende Situation bewusst wahrnehme und versuche, sie körperlich und gedanklich zu verlassen und aus ihr herausgehe. Diese Methode ist kein Garant für eine schlagartige Besserung, aber ich habe gute Erfahrungen damit gemacht.

Ich habe mir ein schönes Ritual angeeignet, das mich auf andere Gedanken bringt: Backen.

Es lenkt mich ab, ich habe Freude daran und vor allem genieße ich anschließend den Kuchen, am besten zusammen mit lieben Menschen.

Hier mein ganz persönlicher Notfallplan bei auftretenden Fehlempfindungen:

- Keine Panik
- Nachdenken (In welcher Situation befinde ich mich gerade? War an dieser Körperstelle früher schon einmal eine Fehlempfindung?)
- Ventil suchen und finden (Was tut mir gut und könnte mich jetzt auf andere Gedanken bringen?)
- Plan B bereithalten (Telefonnummer des Arztes oder meiner/s besten Freundin/Freundes griffbereit halten)

Glücklicherweise kann ich im Rückblick sagen, dass die meisten Fehlempfindungen tatsächlich einfach wieder vorübergehen. Der Körper reagiert hier auf einen Umstand, der – oftmals – als sehr unschön zu bewerten ist und zwar genau mit den Körperpartien, die durch einen Schub bereits geschwächt sind. Das Ende eines Schubes bedeutet nämlich nicht, dass alles wieder gut ist. Wenn ich 80% des Normalzustandes wieder erreiche, habe ich nochmal richtig Glück gehabt und kann dann am Aufbau der fehlenden 20% arbeiten. Was aber auch oftmals nicht gelingt. So ist es bei mir immer gewesen.

Wenn es das Wort geben würde, würde ich MS-Patienten als „Extremiker" bezeichnen. Bei ihnen wird alles extrem intensiv wahrgenommen. Dies kann dann sogar so weit gehen, dass ich solche extremen Gefühlausbrüche habe wie bei einer Schwangerschaft und mich beispielsweise eine Langnese-Werbung zu Tränen rührt. Ich hasse es, wenn ich bei Geburtstagsfeiern vor Rührung anfange zu schluchzen oder mich die Sirene des Notarztes zum Erzittern bringt, wenn ich bei Telefonaten vor lauter Aufregung kein deutliches Wort über die Lippen bringe oder Wortfindungsstörungen mich zu einem Moment der Stille zwingen, obwohl ich innerlich übersprudle von Gedanken. Diese starken Wahrnehmungen werden noch potenziert, wenn ich aufgrund eines Krankheitsschubes unter Medikamenteneinfluss stehe. Um es auf den Punkt zu bringen: MS ist eine Krankheit, bei der man sein Leben ohne natürlichen Filter leben muss.

Ein gesunder Mensch kann in seinem Alltag zu seinem eigenen Schutz in Bezug auf Einflüsse aus seiner Umgebung eine gewisse Distanz aufbauen. Er verfügt über eine natürliche Toleranz in Bezug auf körperliche Bedürfnisse wie Hunger, Durst oder Schlaf, ebenso wie auf Umweltreize wie Wetterlagen oder Temperaturverhältnisse und nicht zuletzt bezüglich Emotionen. MS-Patienten dagegen reagieren auf solche Einwirkungen in der Regel viel sensibler. Es kostet sie sehr viel mehr Kraft damit zurechtzukommen. Sie sind selbst feinsten stimmungsgebenden Nuancen aus ihrer Umgebung, die von den meisten Menschen gar nicht wahrnehmbar sind, ausgesetzt und müssen sie irgendwie verarbeiten. Durch eine fehlende gesunde Distanz prasselt eine Flut von Eindrücken ungefiltert auf sie ein, die viel Energie raubt und sich letztendlich leistungssenkend auswirkt. Eine Folge davon ist ein erhöhtes Bedürfnis sich zurückzuziehen, sich sozusagen abzuschirmen und dabei kräftemäßig wieder aufzutanken.

Unsere Nerven – vergleicht man sie mit einem Kabel – liegen blank, ohne Isolierung. Unter der Einwirkung von hohen Cortison-Gaben wird dies noch verstärkt. Der Rausch an Gefühlen und Wahrnehmungen verstärkt sich dann noch und es wird insgesamt fast unmöglich, einen klaren Gedanken zu fassen. Stattdessen findet ein innerer Kampf statt, der mit Schlafstörungen, Hungerattacken, noch stärkeren Schwindelgefühlen, Unruhe und Cortison-Akne einhergeht. In solchen Fällen sehne ich mich nur nach Normalität und freue mich, wenn die ganz normalen Körperfunktionen (Essen und Trinken, Stuhlgang und Wasserlassen) endlich wieder wie gewohnt ablaufen.

Was für eine Freude über scheinbar selbstverständliche Dinge! ☺

Etta wird häufig von einer grauenhaften Fatigue *(frz. für Müdigkeit)* begleitet, einer unbeschreiblichen, bleiernen Müdigkeit und Schwäche, die jede alltägliche Tätigkeit zu einem Gewaltakt werden lässt. Dabei erscheint es mir beispielsweise als ein schier unüberwindlicher Berg, wenn ich daran denke, dass die Betten noch nicht gemacht sind, die Wäsche nicht gewaschen ist oder gar dringende Einkäufe zu erledigen sind.

Grund hierfür ist unter anderem, dass unser Körper Unmengen an Vitaminen und Mineralstoffen verbraucht und diese oft nicht so schnell wie erforderlich nachgeliefert werden können. Der dafür maßgebliche Grund ist die Zerstörung der Myelinschichten unserer Nerven, sozusagen der Isolierung des Kabels.

Wie bei einem Akku, der seine letzte Energie verliert, schwindet meine Kraft mit jeder weiteren Aktivität unverhältnismäßig schnell. Ich bin dann im wahrsten Sinne des Wortes kraft- und saftlos. Hier ist es besser, der Müdigkeit nachzugeben und sich Ruhe zu gönnen. Aber das ist ein schwieriger und langwieriger Lernprozess.

Denn es genügt eben nicht, seine Grenzen zu registrieren. Sie wollen auch respektiert werden. Und das ist immer wieder eine riesige Herausforderung für mich und ebenso für meine Familie.

Grenzen respektieren

Nachdem Etta vor 25 Jahren an meine Seite getreten ist, habe ich erst mal gegen sie gekämpft. Mit aller Gewalt wollte ich sie wegjagen, in die Knie zwingen, einfach kleinkriegen. **Ich** wollte wieder die Führung über **meinen** Körper übernehmen.

Hier einige Beispiele der Waffen, mit denen ich tapfer gekämpft habe:
- Ich habe eine Reihe von Diäten ausprobiert, um eine Verbesserung zu erreichen. Z. B. habe ich mich über einen längeren Zeitraum strikt vegetarisch ernährt.
- Ich habe mir morgens nüchtern den Mund (5 Minuten lang) mit Öl ausgespült, um Giftstoffe aus meinem Körper zu entfernen.
- Ich habe eine Kur mit Gerstengras gemacht.
- Ich habe eine Darmreinigung vorgenommen.
- Ich habe hochwertige Nahrungsergänzungsmittel genommen und zusätzliche Vitamine ausprobiert.
- Ich habe meine Zähne vollständig sanieren lassen. Das gesamte Amalgam wurde entfernt. Offensichtlich war Etta darüber „not amused", denn sie hat sich auch hier heftig gewehrt. Mit ein bisschen Abstand betrachtet hat mir das Entfernen der Amalgamfüllungen doch geholfen. Ich fühle mich heute irgendwie fitter, leichter, auch wenn ich zunächst mit einem heftigen Schub reagiert habe.
- Ich habe Beziehungen zu Menschen, die mir nicht guttaten, beendet und das war eine der größten Herausforderungen.
- Ich habe verschiedene Bewegungsarten ausprobiert, von denen ich mir eine Verbesserung erhofft hatte: Qigong, Yoga, Nordic Walking, Schwimmen.

- Ich habe auch versucht Etta mit psychologischer Hilfe beizukommen. So habe ich mehrere Stunden beim Psychologen verbracht, weil ich dachte mit meiner Psyche sei etwas nicht in Ordnung. Nachdem ich über wichtige persönliche Themen gesprochen hatte, hat es mir erst mal buchstäblich die Sprache verschlagen: Etta meldete sich in der Form zurück, dass ich wieder neu sprechen lernen musste. Meine rechte Gesichtshälfte war eingeschlafen, der Kaffee sabberte beim Trinken aus meinem Mund und beim Zähneputzen fühlte es sich an, als sei mein Mund mit Beton ausgegossen. Alles war taub, wie nach einem Zahnarztbesuch, wenn die Betäubungsspritze noch kräftig nachwirkt.

Nichts habe ich ausgelassen, von dem ich mir eine Besserung meines Zustands erhofft hätte. Das Ergebnis war ausnahmslos unbefriedigend. Mit anderen Worten: Nichts half. Je weiter die Krankheit fortschritt, desto frustrierter wurde ich, weil letztendlich nichts griff.

Nach und nach habe ich erkannt: Bei Etta macht es absolut keinen Sinn, irgendetwas erzwingen zu wollen. Letztendlich wirken sich Versuche in diese Richtung offensichtlich eher kontraproduktiv aus: Ich bemühe mich mit letzter Kraft, einen Schritt nach vorne zu gehen. Dabei mache ich zwei bis drei zurück und brauche lange, um wieder meinen normalen Rhythmus zu finden.

Auf die Wünsche von Etta eingehen und zu respektieren, dass etwas gerade nicht nach meinen Vorstellungen geht, hat mich immer am weitesten gebracht. Ich musste meine Denkweise immer wieder umstellen um zu erkennen: NICHTS ÄNDERT SICH, AUSSER ICH ÄNDERE MICH! Es hilft mir am meisten, wenn ich flexibel und anpassungsfähig bleibe, sei es im Hinblick auf eine Planänderung im Tagesablauf oder auch nur in Bezug auf die Art und Weise, wie ich über eine Sache denke.

Diese grundlegende Erkenntnis, dass ich bestenfalls jederzeit bereit sein muss umzudenken, hat mich enorm vorangebracht.

Einen Vorteil habe ich dabei aber erkannt: Im Austausch mit gleichaltrigen Freunden fällt mir immer wieder auf, dass ich auf das Älterwerden besser vorbereitet bin als sie. Wenn sie die ersten Zipperlein bekommen, müssen sie erst lernen diese zu akzeptieren und damit umzugehen. Da habe ich ihnen wirklich etwas voraus ☺.

Grenzen neu definieren

Inzwischen wird die Angst vor Ettas Unberechenbarkeit weniger. Vielleicht liegt es einfach auch daran, dass ich vor lauter Übungsprogrammen kaum noch Zeit zum Grübeln habe. Und das ist dann auch gut so.

Heute habe ich mich mit Etta arrangiert, akzeptiere ihre Anwesenheit und respektiere ihre Regeln. Seitdem ich „aufgab", gegen sie zu kämpfen, wurde es besser. Ich lerne jeden Tag wie wichtig es ist, das Leben zu schätzen. Mal verliere ich, mal gewinne ich. Ich für meinen Teil habe die Aufmerksamkeit wieder neu erlernt und auch die Dankbarkeit. Denn es geht noch so viel, wenn man es wirklich will. Warum soll ich mich grämen, dass ich nicht mehr schön laufen kann, und zur gleichen Zeit läuft das Leben an mir vorbei?

Mir tut es gut, in einer herausfordernden Situation auch eine ungeplante Auszeit mit bestem Gewissen anzunehmen und der dann auftretenden Schwäche nachzugeben. Wichtig ist aber stets, dass ich in dieser trägen Phase nicht verharre, sondern so bald als möglich wieder anfange aktiv zu werden.

Alles in allem ist es mühselig und mitunter ein deprimierender Kreislauf, täglich auf Ettas Bedürfnisse einzugehen. Denn das bedeutet unter anderem täglich Gymnastik-, Gleichgewichts- und Sprachübungen zu machen, um annähernd das zu erreichen, was für andere selbstverständlich ist.

Auch heute noch lasse ich mich in Gesprächen mit anderen immer wieder zu der Annahme hinreißen, dass sich mit Hilfe meines weiter unten beschriebenen straffen Übungsprogramms doch irgendetwas verbessern lassen müsste. Das ist leider eine ziemlich unrealistische Wunschvorstellung.

All diese Übungen können im Wesentlichen nicht aufbauen, sondern dienen allein der Erhaltung der noch verbleibenden Körperfunktionen. Es ist eine bittere Erfahrung zu akzeptieren, dass die harte Arbeit praktisch nur dazu dient, den Ist-Zustand zu bewahren. Gelegentlich erreiche ich einige kleine Erfolge für mich, die aber für meine Umwelt nicht oder nur ganz minimal zu erkennen sind.

Umso mehr freut es mich, wenn Menschen auf der Straße an mir vorbeigehen und nicht reagieren. Dann weiß ich: Es lohnt sich und heute ist ein guter Tag, denn ich falle nicht auf. Das empfinde ich als größtes Kompliment.

Übrigens wurde ich nach meiner Diagnose noch reich beschenkt im Leben. Das größte Geschenk im wahrsten Sinne des Wortes ist mein Sohn.

Außerdem habe ich Dinge erreicht, von denen ich mir im Traum nicht hätte vorstellen können, dass das noch möglich ist. So habe ich mich entschlossen, mich beruflich weiterzubilden und habe schließlich die Prüfung zum Rechtsfachwirt erfolgreich abgelegt. Nicht weniger stolz war ich, als ich wieder gelernt habe Fahrrad zu fahren. Meine beste Freundin hat mich hierbei tatkräftig unterstützt – wie eine Mutter, die mit wenigen Handgriffen am Gepäckträger so lange beim Ausbalancieren hilft, bis das Kind los fährt ohne zu bemerken, dass die Mutter gar nicht mehr nebenherläuft. In Begleitung meiner Familie bin ich sogar nach Ecuador gereist, bin Seilbahn in den Anden gefahren und habe mit meinem Mann zu Fuß den Dschungel erobert.

Das Leben hört offensichtlich nicht auf, weil man MS hat, es wird „nur" in jeder Hinsicht intensiver, anstrengender und aufregender. In solchen Situationen muss ich mich dann zurückholen und mir vorsagen: *Alles geht, nur langsamer und leider etwas komplizierter als früher.*

Mir ist schon klar, dass diese ersten 25 Jahre vermutlich die leichteren waren. Der schwierigere Teil kommt voraussichtlich erst noch. Jedoch glaube ich, dass das Registrieren und Respektieren meiner Grenzen auch nicht zu unterschätzende Aufgaben waren.

Denn es ist nicht leicht, ständig vor Augen geführt zu bekommen, dass man anders ist als andere: anders beim Sprechen, Gehen, Denken und auch hinsichtlich der physischen Belastbarkeit. Mir fehlte damals – und auch manchmal heute noch – die „Coolness", über dem Ganzen zu stehen. Die Akzeptanz von Etta ist eben eine lebenslange Herausforderung.

Vielleicht bin ich auch zu naiv um zu erkennen, was noch kommen kann bzw. wird. Aber das weiß niemand. Und so versuche ich, wie jeder andere Mensch, aus jedem Tag das Beste zu machen und mit viel Zuversicht und Spaß durchs Leben zu gehen. Das gelingt mir in der Regel ganz gut.

Damit meine ich aber nicht die Art von nach außen gerichteter Fröhlichkeit, die immer dann auftritt, wenn mein Körper vor lauter Erschöpfung und Schmerzen nicht mehr weiterweiß und ich noch nicht einmal mehr weinen kann. Da handelt es sich nämlich um eine Art Pseudo-Heiterkeit, die meinen Mitmenschen signalisiert, ich sei unglaublich cool drauf ... Aber innerlich zerreißt es mich. Ich meine die echte Freude, die nur sehr gute Freunde sehen und verstehen, weil sie wissen, wie es in mir wirklich aussieht.

Ratschläge (falls gewünscht)

Bevor ich zu meinem ganz persönlichen Fitnessprogramm komme, möchte ich ein paar Ratschläge weitergeben an Menschen, die sich vom bisher Gesagten angesprochen fühlen.

Wenn du allergisch bist gegen Ratschläge, darfst du diese Seiten einfach überblättern. Ich wäre die Letzte, die hierfür kein Verständnis hätte.

Zuerst einmal: Lass dich niemals entmutigen. Dein Körper weiß so viel und kann noch so viel lernen. Du wirst überrascht sein. Auf keinen Fall solltest du ihn bremsen bzw. das Machbare einfach für dich abhaken. Probiere Neues aus! Aber setze dich niemals unter Druck und halte **immer** einen Plan B bereit! Auch wenn du jeden Morgen wieder bei Null anfangen musst – bleib dran. Es lohnt sich!

Vergiss nicht: Wer weiterkommen will, muss bereit sein neue Wege zu gehen.

Mein Fazit nach 25 Jahren: Dranbleiben!

- **Lebe nicht für die MS, sondern mit ihr.**
- **Sorge für ein stabiles Umfeld, das dich im Notfall auffängt.**
- **Versuche immer positiv zu denken. Deine Gedanken schwächen oder stärken dich.**
- **Versuche dich qualitativ hochwertig zu ernähren; aber übertreibe nicht, denn jedes fanatische Einhalten aufgestellter Regeln tut längerfristig nicht gut.**
- **Tue jeden Tag etwas für deine Beweglichkeit.**
- **Umgib dich mit Menschen, die dir guttun.**
- **Vergiss den *Plan B* nicht.**

- **Lass dich auch geistig nicht hängen. Interessiere dich für das Leben!!!** Nicht nur dein Leben ist wichtig. Beschäftige dich beispielsweise mit einem Buch, einem Dokumentarfilm oder auch mit dem Schicksal anderer Menschen.
- **Nimm dir jeden Tag eine Sache vor, die du dann auch tust.**
- **Beteilige dich jeden Tag am Leben und ziehe dich nicht zurück.**

Das Wichtigste: Vertraue deinem Körper neu, er sagt dir so viel, wenn du richtig zuhörst. Wichtig ist auch, dass du jemanden hast, der dich bestärkt und dir Mut zuspricht, auch wenn du jeden Tag wieder bei Null anfangen musst. Versuche den Spagat zu schaffen, gut auf deinen Körper zu hören, aber dich nicht nur mit der MS zu beschäftigen.

Lenke dein Augenmerk auf die schönen Dinge des Lebens und konzentriere dich auf das, was möglich ist und nicht auf das, was nicht mehr funktioniert.

Mein Motto: Ich schaff das! Ich weiß noch nicht wie, aber ich schaff das, auch wenn es länger dauert und schwieriger geworden ist.

Ich habe für mich entschieden, in Sachen Wiederaufbau meines Körpers immer Vollgas zu geben. An Übungsangeboten mangelt es nicht. Und doch musste ich feststellen, dass kein Bewegungsprogramm für mich ideal ist. So habe ich begonnen, durch viel Ausprobieren und Selbstbeobachtung ein Fitnessprogramm zusammenzustellen, das meinen persönlichen Fähigkeiten und Möglichkeiten angepasst ist. Dieses ist mir in all den Jahren sehr wertvoll geworden. Ich versuche diese Übungen so oft wie möglich zu machen, was mir in der Regel dreimal pro Woche gelingt. Damit halte ich mich körperlich fit. Ich habe meine Übungen „14 Augenblicke" genannt.

„Augenblick" bezieht sich auf die Zeitspanne der jeweiligen Übung. Die Zahl „14" steht für die Anzahl der verschiedenen Übungsmomente. Beides stellt für mich die persönliche Obergrenze dar. Was darüber hinausgeht würde meine Kraftreserven derart strapazieren, dass mein Alltag darunter leiden und die MS damit Oberhand gewinnen würde. Um das zu verhindern und gleichzeitig fit zu bleiben habe ich diese „14 Augenblicke" für mich als Optimum ausgelotet.

Das klingt jetzt alles ganz positiv. Aber ich muss gestehen, dass es manchmal die nackte Angst ist, die mich antreibt. Es ist die Angst, manche Dinge nicht mehr machen zu können und von meinen Mitmenschen nur noch als Wrack wahrgenommen zu werden. In meinen „14 Augenblicken" kann ich mir immer wieder beweisen, dass es doch noch geht. Das ist sowohl körperlich als auch seelisch sehr wohltuend.

„14 Augenblicke" für meine Fitness

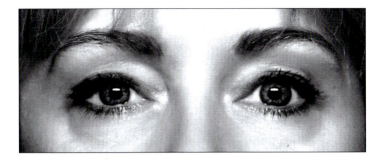

Die beanspruchten Muskeln sind in blauer Schrift aufgezeigt und finden sich auch in Blau in der Zeichnung wieder.

Die folgenden Übungen verlangen sehr viel Konzentration. Mir hilft es immer sehr, wenn ich mir vorab die Übung im Kopf vorstelle, wenn ich vorab ein Bild vor meinem inneren Auge aufbaue. Dann „läuft" es besser.

Ganz besonders wichtig ist jedoch, dass ich diese Übungen so oft wie möglich, aber auch so oft wie nötig, wiederhole. Wenn es einmal nicht klappt, starte ich einen neuen Versuch. Der Körper lernt dann die alten Pfade zu verlassen und neue Wege zu gehen. Das „Gute" bei der MS ist ja, dass der Körper relativ schnell lernt und schon nach einigen Wiederholungen Erfolge erzielen kann. Der Körper versucht neue Wege zu finden, um „alte" Bewegungsabläufe wieder zu aktivieren. Um diese zu festigen bedarf es der ständigen Wiederholung. Das oberste Gebot ist daher: Niemals aufgeben, auch wenn die Motivation sinkt und es sehr mühsam ist. Allein schon der Versuch, immer wieder eine Übung auszuführen, hat mich langfristig weitergebracht.

Niemals vergessen: Vorab aufwärmen mit Schlacksen!

Dabei aufrecht stehen, die Füße etwa beckenbreit, der Oberkörper rotiert abwechselnd von links nach rechts. Die Arme baumeln entgegen der Rotation des Körpers. Der Kopf dreht sich immer zu der Schulter, die gerade nach vorne schwingt.

Wirbelsäulentorsion

Mein Tipp: Darauf achten, dass der Kopf immer gerade ist, als ob man ihn wie eine Marionette nach oben ziehen würde. Durch möglichst wenig bzw. nur leichte Bewegung des Kopfes erreicht man, dass man trotz des Pendelns stabil stehen bleibt. Wenn man die Zehen ansatzweise ein wenig in den Boden krallt, fühlt man sich sicherer.

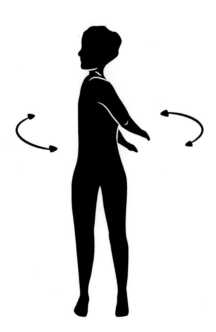

Beine dehnen vorne und hinten

Beine dehnen vorne: Im Stehen ein Bein anwinkeln, dieses am Fuß greifen und die Ferse zum Po ziehen. Dabei darauf achten, dass die Kniescheibe des angewinkelten Beines in Richtung Boden zeigt und parallel zum Standbein ausgerichtet ist. Beide Oberschenkel sind parallel. Etwa eine halbe Minute halten und dann die Seiten wechseln.

Oberschenkelmuskulatur

Mein Tipp: Such aus Sicherheitsgründen einen festen Gegenstand zum Festhalten. Am besten geht es mit einer geschlossenen Tür oder einer Sprossenwand. Wenn man sich sicher genug fühlt, kann man auch für einen Moment freistehen, um das Gleichgewicht zu trainieren. Wichtig ist nur, dass man die Grenzen seines Körpers beachtet und nicht darüber hinausgeht. Die Dehnung sollte nur soweit gehen wie es der Körper zulässt. Wenn es in der Dehnung zu sehr zieht, dann besser keine 30 Sekunden aushalten, sondern die Übung mit zweimal 15 Sekunden ausführen.

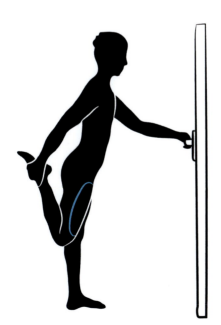

Beine dehnen hinten: Zum Dehnen der hinteren Beinmuskeln stelle ich mich mit einem Ausfallschritt vor eine Wand. Das Standbein ist angewinkelt, das andere Bein ausgestreckt nach hinten auf dem Boden. Die Dehnung dauert ungefähr eine halbe Minute. Danach wechsle ich das Standbein.

Wadenmuskulatur

Mein Tipp: Ich stütze mich mit der Hand oder mit dem Unterarm an der Wand ab. Damit fühle ich mich sicher, habe Stabilität und die Wade wird optimal gedehnt. Die Übung soll auf keinen Fall schmerzhaft sein, aber ein leichtes Ziehen ist gut.

Bei dieser Übung spürt man, wie sich der Körper erwärmt und die Muskeln arbeiten. Die Muskulatur wird geschmeidiger. Der Panzergriff lockert sich und man wird gefühlsmäßig leichter. Durch mehrfaches Anspannen und Lösen der Muskeln fühlen sich auch die Taubheitsgefühle nicht mehr so stark an, es wird für eine kurze Zeit deutlich angenehmer und natürlicher.

Augenblick Nr. 1

Die Füße stehen parallel zueinander mit etwa 20 cm Abstand. Der Rücken ist gerade, der Po ist angespannt. Schultern sinken nach hinten und außen. Durch die Nase atmen. Handflächen vor dem Brustkorb zusammen- und vor dem Gesicht nach oben führen. Wenn möglich folgen die Augen der Bewegung der Hände. Arme vollständig ausstrecken und langsam seitlich ausgestreckt absinken lassen. Die Übung fünfmal wiederholen.

Brustmuskulatur Oberarmmuskulatur

Mein Tipp: Zum Trainieren des Gleichgewichts kann man nach jeder Übung die Füße enger zusammenführen, bestenfalls bis die Füße ganz geschlossen sind.

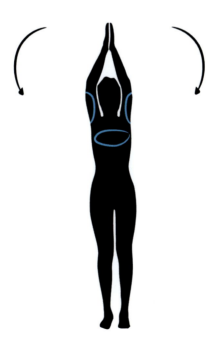

Augenblick Nr. 2

Im Ausfallschritt das linke Knie ca. 90 Grad beugen und das rechte Bein nach hinten ausstrecken. Der linke Fuß ist nach vorne gerichtet, der rechte Fuß richtet sich nach rechts. Wichtig ist, dass die Fersen eine Linie bilden. Die Arme über dem Kopf zusammenführen. Schultern sinken lassen und tief in den Bauch hineinatmen. Ca. 10 Sekunden verweilen, dann die Seite wechseln.

Wadenmuskulatur

Mein Tipp: Häufiges Wiederholen ist unabdingbar und verschafft mehr Sicherheit.

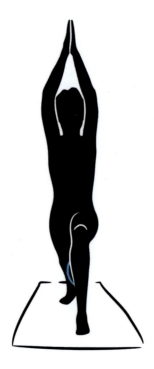

Augenblick Nr. 3

Aufrecht stehen und die Beine in Hüftbreite parallel halten. Nun mit dem Becken eine „8" in beide Richtungen schwingen. Diese Übung in jede Richtung fünfmal wiederholen. Dabei darauf achten, dass sich <u>nur</u> das Becken bewegt. Die Beine stehen fest auf dem Boden. Zur Übungssteigerung die Füße immer weiter zusammenführen.

Wirbelsäulentorsion

Mein Tipp: Mehr Sicherheit bekomme ich, wenn ich die Arme in die Hüfte stütze und die Übung langsam ausführe. Mit jeder Schwingung wird der Körper geschmeidiger und genießt es sich zu bewegen. Diese Übung ist für das Gangbild wichtig. Denn beim Gehen bewegen sich ja auch nicht nur die Beine.

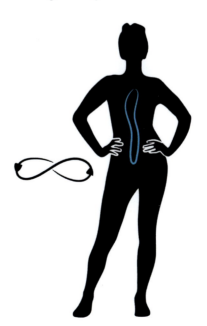

Augenblick Nr. 4

Aufrecht stehen mit möglichst geschlossenen Beinen, die großen Zehen berühren sich. Der Rücken ist gerade, der Po ist angespannt. Mit den Augen einen fixen Punkt suchen. Das linke Bein (Standbein) bleibt ausgestreckt. Das rechte Bein anheben und gegen den Oberschenkel des linken Beines drücken. Das Knie des angewinkelten Beines zeigt zur Seite. Die Handflächen schließen sich über dem Kopf. Danach die Seite wechseln.

Oberschenkelmuskulatur

Mein Tipp: Der linke Fuß steht auf der Fußspitze und ist nach außen gedreht. Die linke Ferse drückt gegen das Standbein. Die Hüfte dreht sich so weit wie möglich nach außen. Zur Stabilisierung den Fixpunkt nicht aus den Augen lassen. Während der gesamten Übung die Handflächen langsam über dem Kopf zusammenführen.

Augenblick Nr. 5

In der Grätsche stehen. Den Oberkörper vorbeugen und den Rücken Wirbel für Wirbel langsam abrollen. In dieser Stellung soll versucht werden, das Sprunggelenk bzw. den Knöchel zu greifen. Wenn möglich den Kopf zwischen die Beine ziehen. Bei jedem Ausatmen etwas tiefer gehen. In dieser Haltung einige Augenblicke verharren und dann wieder lösen. Beim Aufrichten kann leichter Schwindel auftreten.

Innenbeinmuskulatur

Mein Tipp: Wenn man die Wirbelsäule abrollt und nach unten geht, reicht es vollkommen aus, wenn man die Waden greift. Je weiter man runterkommt, umso besser. Bei eventuell auftretenden Nervenschmerzen ist es wichtig, dass man nicht zu lange in dieser Stellung verbleibt. Diese Übung lebt von der Wiederholung bzw. von wiederholten Versuchen.

Augenblick Nr. 6

Sich in großer Schrittstellung mit geöffneten Beinen hinstellen. Ein Arm zeigt ausgestreckt nach vorne, der andere nach hinten. Die Hände sind ebenfalls ausgestreckt, die Handflächen zeigen zum Boden. Die Arme sind in Brusthöhe. Das vordere Bein ist geneigt, der Fuß zeigt nach vorne. Das hintere Bein ist nach hinten gerade ausgestreckt, der Fuß zeigt zur Seite. Der Rumpf ist nach vorne ausgerichtet. Beide Fersen bilden eine Linie.

Gesäßmuskulatur

Mein Tipp: Diese Übung ist für mich die Königsdisziplin. Ich konzentriere mich auf meinen Körper. Fixiere mit den Augen einen festen Punkt. Wenn ich die Fußballen fest auf den Boden drücke, halte ich die Spannung. Auch hier hilft es, wenn man sich die Figur, die man ausführen möchte, zunächst vorstellt.

Augenblick Nr. 7

Mit geradem Rücken auf den Boden setzen. Die Beine liegen ausgestreckt nach vorne. Jetzt ein Bein anwinkeln und über das andere, ausgestreckte Bein stellen, etwa in Kniehöhe. Der Arm auf der Seite des ausgestreckten Beines zeigt nach vorne und drückt das angewinkelte Knie über das ausgestreckte Bein in Richtung Boden. Das angewinkelte Bein drückt dagegen und baut eine Spannung auf. Der Arm auf der Seite des angewinkelten Beines ist hinter dem Po aufgestellt. Die Hand drückt auf den Boden. Nach ein paar Atemzügen kann man die Dehnung dadurch erhöhen, dass man die Hand näher in Richtung Po führt. Nach Beendigung der Übung die Seite wechseln.

Brustmuskulatur

Mein Tipp: Da ich ja bereits auf dem Boden sitze, muss ich mir bezüglich meines Gleichgewichts keine Gedanken mehr machen. Ich versuche jetzt die von der Krankheit betroffenen Körperteile mehr zu bedenken, ihnen mehr Zuwendung zu geben. Da jede Aktivität mit einem riesigen Aufgebot an Kraft und Willen verbunden ist, versuche ich immer, mit jeder ausgeführten Übung mehr zu entspannen und die Dehnung meines Körpers wahrzunehmen.

Augenblick Nr. 8

Man setzt sich im Schneidersitz auf den Boden, die Fußsohlen treffen aufeinander. Die Füße in die Hand nehmen und bei jedem dritten Atemzug mehr zur Körpermitte ziehen. Hierbei die Beine wie ein Schmetterling auf und ab bewegen, um so die Innenseite der Oberschenkelmuskeln zu dehnen.

Beininnenmuskulatur

Mein Tipp: Aus Sicherheitsgründen – je nach Beeinträchtigung – setze ich mich gegen eine Wand.

Augenblick Nr. 9

Auf den Boden setzen. Der Rücken ist gerade. Die Beine sind aufgestellt und bilden einen rechten Winkel.

Den Oberkörper vorbeugen. Beide Arme greifen unter dem jeweiligen Knie von innen nach außen und umfassen den Fuß, tief ausatmen.

Rückenmuskulatur

Mein Tipp: Bewegungen nicht erzwingen. Wenn die Hand an manchen Tagen nur den Knöchel greifen kann, dann ist das das persönliche Ziel dieses Tages.

Augenblick Nr. 10

Ausgangsstellung Vierfüßlerstand (Knie am Boden): Die Beine durchstrecken, der Po zieht zur Decke, wenn möglich die Fersen am Boden lassen. Die Arme sind ausgestreckt und stützen den Rumpf. Der Kopf hängt zwischen den Armen, die Finger sind gespreizt. Den Kopf hier in der Verlängerung der Wirbelsäule halten. Die Ohren befinden sich zwischen den Oberarmen. Einige Zeit (ca. 30 Sekunden) in dieser Stellung verharren.

Beinmuskulatur und Oberarmmuskulatur

Mein Tipp: Meines Erachtens erfordert diese Übung die größte Kraftanstrengung. Gegebenenfalls winkle ich die Beine ein wenig an.

Augenblick Nr. 11

Man setzt sich auf die Fersen. Der Oberkörper beugt sich mit ausgestreckten Armen weit nach vorne. Den Kopf auf dem Boden nach vorne ablegen. Tief ausatmen und mehrere Atemzüge in dieser Stellung verbleiben. Um die Dehnung zu erhöhen, mit den Händen in mehreren kleinen Schritten immer weiter nach vorne greifen.

Rücken- und Oberarmmuskulatur

Mein Tipp: Bei dieser Übung habe ich immer das Gefühl, dass sich der Brustkorb öffnet und ich mehr Luft bekomme. Ich mache hier oftmals eine kleine Pause und wiederhole die Übung. Dadurch komme ich mit dem Kopf weiter in Richtung Boden. Die weitere Dehnung lässt bei mir vorhandene Schmerzen vorübergehend verschwinden.

Augenblick Nr. 12

Man begibt sich in den Vierfüßlerstand auf den Boden. Die Schultern sind parallel zum Boden. Zum Ausrichten des Körpers im Vierfüßlerstand einen runden Rücken formen (der Kopf zeigt zum Bauch) und tief einatmen. Jetzt den Oberkörper wieder aufrichten und den Kopf durch ein Hohlkreuz weit in Richtung Decke strecken. Der Hals ist lang und schiebt sich mit dem Oberkörper mit jedem Atemzug mehr Richtung Decke. Hierbei darauf achten, dass sich die Schultern über den Händen befinden. Die Wirbelsäule hängt durch. Die Übung fünfmal wiederholen.

Bauch-, Rücken- und Oberarmmuskulatur

Mein Tipp: Wenn die Übung meine Armgelenke belastet, führe ich sie auf der Faust aus. Wiederholung nach Tagesform.

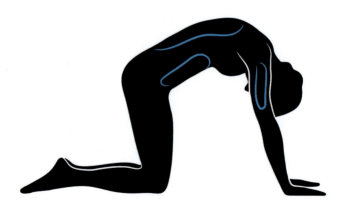

Zur Steigerung des Schwierigkeitsgrades kann man die Übung verändern: Der rechte Arm zeigt ausgestreckt nach vorne, das linke Bein ist nach hinten ausgestreckt. Arm, Bein und Kopf bilden eine waagrechte Linie. In dieser Position einige Atemzüge verharren. Dann Seite wechseln.

Mein Tipp für die Steigerung: Wenn es mir nicht möglich ist, die Übung wie oben beschrieben auszuführen, hebe ich den Arm und den Fuß nicht gleichzeitig an, sondern nacheinander. So behalte ich mehr Stabilität und fühle mich sicherer.

Augenblick Nr. 13

Man legt sich in Rückenlage auf den Boden. Das rechte Bein ausgestreckt auf dem Boden ablegen. Das linke Bein aufstellen und mit der rechten Hand das linke Knie greifen und über das rechte Bein zum Boden ziehen. Der linke Arm ist seitlich ausgestreckt und liegt in Schulterhöhe auf dem Boden. Die Augen schauen in die linke Hand. Die Seiten wechseln. Zum Abschluss beide Beine anziehen und die Knie in Richtung Bauch ziehen.

Lenden, Taille und gesamter Körper

Mein Tipp: Wenn ich Probleme mit einem Halswirbel habe, lasse ich die Übung weg oder mache sie nur ganz kurz und mit besonderer Vorsicht. Ich erfühle und respektiere meine Grenzen.

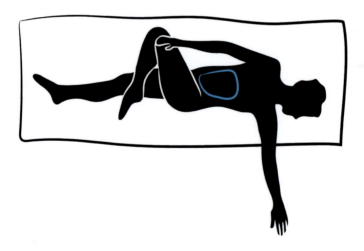

Augenblick Nr. 14

Man legt sich auf den Rücken, die Beine zeigen senkrecht nach oben und bilden eine gerade Linie, die Arme stützen das Becken. Die Beine bilden mit dem Oberkörper einen 90 Grad-Winkel. Mehrmals tief in den Bauch hineinatmen.

Oberkörper, Oberarme, Beine

Mein Tipp: Wenn mir dabei schwindelig wird, strecke ich meine Beine nacheinander nach oben und bewahre mit dem passiven Bein die Bodenhaltung.

Dehnung im Türrahmen: Ich stehe vor der geöffneten Tür und mache einen kleinen Schritt durch die Tür. Die Arme sind ausgestreckt, zeigen nach unten und drücken rechts und links gegen den Türrahmen. Dadurch entsteht eine Dehnung der oberen Schultermuskulatur. Die Faszien am Hals werden gedehnt.

Hals und Schultern

Mein Tipp: Diese Übung mache ich gerne zum Schluss, weil durch die Dehnung im Halsbereich das gesamte Gangbild mehr Lebendigkeit bekommt und natürlicher aussieht. Der Körper wird lockerer, schwingt im normalen Rhythmus der Bewegung und wirkt nicht so angespannt.

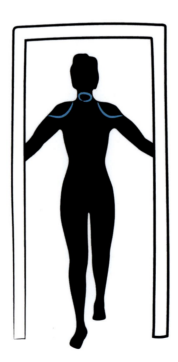

Alle Übungen im Überblick

Danksagungen

Ich möchte schließen mit einem ganz herzlichen „Dankeschön" an alle, die mir bei der Verwirklichung dieses Buches geholfen haben. Sie haben mich sehr wohlwollend unterstützt und wurden der hoffentlich guten Sache nicht überdrüssig, auch wenn meine Wünsche an sie manchmal scheinbar nicht mehr enden wollten.

Ganz herzlichen Dank auch an meine Schwester Sigrid und meinen Schwager Peter, die als Lektoren ihr Bestes gegeben haben.

Das größte Dankeschön gilt jedoch meiner Mutter, die mich mit einem grandiosen Optimismus für das Leben ausgestattet hat. Sie muss eine unerschöpfliche Quelle der Hoffnung haben.

Referenzen

- Illustration: Lara Kästel

- Titelbild: Lanuma colourful art, 76137 Karlsruhe

- Fotograf: Fotostudio Rolf Stahl, 76297 Stutensee

- Make-up: Kosmetikstudio Wolke 7. Elke Wilking, 76356 Weingarten

Die Autorin

Anne Freyda wurde 1968 geboren. Die ausgebildete Rechtsanwaltsfachangestellte legte nach zwölf Jahren Tätigkeit als Anwaltssekretärin die Prüfung zur Rechtsfachwirtin erfolgreich ab. Heute lebt sie im Südwesten Deutschlands und arbeitet im Büro einer Möbelmanufaktur.
Durch ein privates Ereignis völlig aus der Bahn geworfen und körperlich mitgenommen, sah sich Anne Freyda gezwungen, sich von da an auf sich selbst und ihre Krankheit Multiple Sklerose zu konzentrieren. Dabei stellte sie nach und nach ihr eigenes Fitnessprogramm zusammen. Der Gedanke, die für sie selbst so wertvollen Übungen niederzuschreiben, kam ihr in Paris während eines Urlaubs mit einer Freundin und wurde Inspiration für dieses Buch.

Anne Freyda ist verheiratet und Mutter eines Sohnes. In ihrer Freizeit liebt sie es zu backen und mit Kräutern aus dem eigenen Garten neue Rezepte auszuprobieren. Sehr gerne trifft sie sich mit Freunden und Bekannten und lacht mit ihnen.

Der Verlag

*Wer aufhört
besser zu werden,
hat aufgehört
gut zu sein!*

Basierend auf diesem Motto ist es dem novum Verlag ein Anliegen neue Manuskripte aufzuspüren, zu veröffentlichen und deren Autoren langfristig zu fördern. Mittlerweile gilt der 1997 gegründete und mehrfach prämierte Verlag als Spezialist für Neuautoren in Deutschland, Österreich und der Schweiz.

Für jedes neue Manuskript wird innerhalb weniger Wochen eine kostenfreie, unverbindliche Lektorats-Prüfung erstellt.

Weitere Informationen zum Verlag und seinen Büchern finden Sie im Internet unter:

w w w . n o v u m v e r l a g . c o m

novum VERLAG FÜR NEUAUTOREN

Bewerten Sie dieses Buch auf unserer Homepage!

www.novumverlag.com